小男孩
的
森林故事

目錄

公鹿

1 公鹿

　　枱上有一幀綠油油的咭，但不是聖誕咭。小男孩思傑拿起來看，裏面有很多很多棵樹，從來沒有到過一處地方有那麼多樹，究竟這是甚麼地方？媽媽說：「這是森林！森林有很多樹，也有很多動物。」思傑問：「那裏有沒有人？」媽媽答：「有些森林有人，但有些卻沒有。」思傑想森林究竟是甚麼樣子⋯⋯。思傑在睡覺前，還想着森林究竟有沒有人呢？動物會否有自己的家？⋯⋯想着，想着⋯⋯思傑睡着了。

森林真的有很多樹，又高又直。為何樹枝會左右移動？原來移動的樹枝是兩頭公鹿的角！看清楚，兩頭公鹿的角是不一樣的啊！其中一頭公鹿的角有三層，另一頭的角只有兩層，那頭只有兩層角的公鹿背部還有一大片白斑。公鹿說：「小朋友，第一趟見你啊！你來這裏做甚麼？」思傑：「我想看看森林是甚麼樣子，然後告訴媽媽。」思傑望着那些高大的樹，問道：「這裏四周也是樹，

全個森林就是這樣了嗎?」公鹿管:「不是啊!這個森林很大,有不同的地貌,也有很多不同的動物。我們將會到森林的另一邊找食物,有興趣一塊兒去嗎?那你可以順道看看森林的景致。」

思傑跟着兩頭公鹿走,一會兒便來到了一片草地。那裏集合了很多小動物,大家正在討論如何找食物。野兔、驢仔、小雲雀、母鹿和小鹿知道思傑將一塊兒去找食物,大家也非常高興。公鹿在思量,在這次覓食行動中,小動物們負責些甚麼?野兔舉手說:「我跳得很快和很遠!」公鹿想了一想,然後說:「野兔可以當我們的傳訊員,在隊伍中傳遞消息!」小雲雀說:「我飛得很高!」公鹿說:「小雲雀可以飛在隊伍上面,看看四周環境是否安全!」野兔說:「小鹿剛剛出世,身上的斑點還沒有退去呢!不知道小鹿是否可以和我們一塊兒走那麼遠呢?」公鹿說:「那麼鹿媽媽留在這裏照顧小鹿好了。」驢仔、野兔、小雲雀、思傑一致拍手贊成。公鹿看看驢仔健碩的身軀,然後說:「驢仔可以將食物背回來給鹿媽媽和小鹿吃。」驢仔驕傲地說:「對呀,我又好氣,又好力!」思傑舉手說:「我呢?我也要為隊伍出力!」公鹿說:「你懂得數數字嗎?」思傑大力點頭。「那麼,你負責點齊動物的數目吧。如果有動物走失,可要立刻通知我們!」小動物們為出發做好準備;思傑點算動物數目。

白斑公鹿拉着公鹿到草地的一旁,大聲地說:「我們公鹿最聰明,懂得如何找食物,小動物自然要跟着我們啦。為甚麼不直接分配工作給他們,卻花那麼多時間跟他們討論?」公鹿耐心地解釋:「雖然是我們帶領小動物找食物,也要尊重小動物的意見。此外,按着能力分配合適的工作,大家也可以出力!」白斑公鹿高傲地說:「我們找到食物,根本不需要和其他小

動物分享！我不想繼續和這些小動物合作，我自己找食物好了！」白斑公鹿頭也不回，獨自離去。

公鹿回到小動物那邊，看見大家準備好了，便發號施令：「出發了！」隊伍經過小溪，大家依從公鹿的指揮，互相幫忙，終於順利過河。走着，走着，動物小隊終於到達一大片草莓叢，那兒有不同顏色的草莓，動物們都很興奮。小雲雀跟思傑說：「我們只吃熟了的果子，不要採摘那些未成熟的果子，讓果子可以繼續成長。」野兔對驢仔說：「採摘足夠的果子就好了，太多也吃不完，讓其他動物也有足夠的果子吃。」公鹿說：「是時候回去了！鹿媽媽和小鹿等着我們回去。」動物們背起果子，一隻跟着一隻，回程了。飛在大隊前面的小雲雀突然停下來，跟野兔說：「白斑公鹿在前面，他受傷了。」野兔立即將這個消息告訴所有小動物。大家匆忙趕上前，見到受了傷的白斑公鹿躺在地上。公鹿為白斑公鹿包紮傷口，野兔拿果子給他吃，思傑拿水給他喝。白斑公鹿在動物們的照料下，終於可以站起來走路。白斑公鹿後悔地說：「我實在太自私了，因不想和大家分享，獨自離隊。一不小心，闖入荊棘叢，受了傷。我現在明白動物之間可以互相照顧，互補不足。」公鹿向大家說：「好了，以後兩角公鹿會和我們一塊兒找食物，大家多了一個好幫手！」動物們一塊兒歡呼：「實在太好了！」

思傑走到公鹿前面，說：「報告公鹿隊長，現在我們的成員由五位增加至六位。我已經點齊數目，可以繼續行程。」不消一刻鐘，動物小隊回到草地，母鹿、小鹿、蝴蝶和其他小動物紛紛迎接他們。放好了採回來的果子，小動物的晚會將要開始了！

蝴
蝶

2 蝴蝶

　　毛毛蟲和思傑打招呼，毛毛蟲有很多對手和腳，思傑一時間數不清毛毛蟲究竟有多少對手和腳，思傑問：「毛毛蟲，你究竟有多少對手腳？」毛毛蟲答：「我總共有九對手腳，肚子的三對腳用來行，其餘的手和腳則用來連接身體。」思傑想如果自己的身體也是用手腳來連接，樣子一定十分奇怪。思傑盯着毛毛蟲身上的大眼睛，好奇地問：「眼睛這麼大，是否可以看得很遠？」毛毛蟲笑着說：「你上當了，這只是模仿眼睛的斑紋，用來阻嚇以毛蟲為食的捕獵者。」思傑說：「你身體的構造真的很特別啊！」毛毛蟲答：「是的。但是，過些日子，我的樣子會完全不同。我將會變成繭，然後再變成蝴蝶！」思傑從來沒想過，毛毛

蟲可以變成美麗的蝴蝶，不知道毛毛蟲變成蝴蝶後，翅膀是否也有大眼睛呢？毛毛蟲說：「想看看我將來的樣子嗎？跟我來吧。」

　　思傑和毛毛蟲一塊兒走，沿途見到花兒對着他們燦爛地笑，更聽到花兒音樂般的聲音，說道：「多謝！」、「努力！」、「保重，遲些再見！」其中一朵花兒嬌羞的說：「那是我們花兒多謝毛毛蟲的話啊！」毛毛蟲和思傑異口同聲地問：「為甚麼說多謝？」花兒輕輕地解釋：「毛毛蟲將變成蝴蝶，蝴蝶替我們傳播花粉。如果沒有花粉傳播者，花兒將不會結果子，也不可以繁衍新的花兒，森林將不會再有花兒！我們花兒見到毛毛蟲和蝴蝶，也會燦爛地笑，表示我們的謝意。」思傑向毛毛蟲說：「你真棒！」

　　這時候，一群蝴蝶正在花間快樂地起舞。毛毛蟲指着這群蝴蝶，興奮地對思傑說：「我將來就是跟她們同一個樣子！」毛毛蟲和思傑不約而同地發現一隻蝴蝶，憂鬱地坐在葉子上，不停地嘆氣。毛毛蟲問蝴蝶：「發生了甚麼事？為甚麼愁眉苦臉，不快樂地坐在這兒？」思傑也希望知道這隻蝴蝶不快樂的原因，看看是否可以幫忙。蝴蝶幽幽地說：「我每天辛勞地為花兒傳播花粉，她們從沒有好好的多謝我。」憂鬱的蝴蝶繼續投訴：「每當提及花粉傳播者，大家只會想到蜜蜂，其實我們蝴蝶也出了很多力。」思傑說：「花兒經常向蝴蝶展示最燦爛的笑容，她們是在說多謝啊。不是嗎？」蝴蝶回答：「我覺得不足夠！她們應該每天早上也向我高聲道謝，更要向路

過的動物，表揚我的功勞才對。找默默地耕耘，卻得不到很多的讚賞，看來我這一輩子，也是不會快樂的了！」憂鬱蝴蝶一下子飛走了。

毛毛蟲和思傑看着那些正在花間愉快地起舞的蝴蝶，他們不明白，這些快樂的蝴蝶，跟那隻憂鬱的蝴蝶，有甚麼不同。一隻快樂的蝴蝶剛停下來休息，毛毛蟲按耐不住：「你們辛勞地工作，卻得不到很多的讚賞，為甚麼還是那麼快樂？」蝴蝶展示燦爛的笑容，輕快地說：「每天醒來，還未開始工作，就已經看到很多花兒對着我們笑。花兒燦爛的笑容，是我們工作的動力來源。當花粉傳播到另一朵花兒身上，花兒會慢慢結出果子。森林的小動物們，採摘不同的果子，作為糧食。每當想到森林內的動物，和諧地生活，生生不息，便覺得我的工作很有意義，心情自然會好起來！」思傑明白了，傳播花粉是蝴蝶對森林的貢獻，她們因此自豪和快樂。快樂，原來就是這樣簡單。思傑曾和小動物一起找食物，那些果子又多汁又好吃。如果沒有這些默默工作的花粉傳播者，大家便沒有果子可以享用。思傑也跟花兒一樣，向蝴蝶展示最燦爛的笑容，並衷心向蝴蝶們說句多謝。

毛毛蟲默默看着那群快樂的蝴蝶，但也不時偷望那隻獨在一旁的憂鬱蝴蝶。過了一會，毛毛蟲向思傑道別：「我要離開了，找個安全的地方結繭，然後變成美麗的蝴蝶。」思傑捨不得這位剛相識的朋友，毛毛蟲對思傑說：「我變成蝴蝶後，會回來找你啊。我答應你，我會變成一隻快樂的蝴蝶，絕對不會成為終日愁眉的憂鬱蝴蝶。」思傑說：「好的，好的。我也是，我要快樂，我要做一個快樂的人，不要憂鬱！」

水
狸

3 水狸

　　思傑沿着河流散步，突然見到一隻水狸，抱着一塊木，急急地走。思傑好奇地問：「你抱着一塊木，又走得這樣快，趕甚麼啊？」水狸眨一眨眼睛，回答道：「不要小看這塊木，這玩意又好玩又刺激！」思傑想，這塊簡單的木頭，可以用來玩甚麼？思傑跟着水狸到了河邊，原來水狸們踏着木塊從河邊的高泥丘，極速滑下。水狸邀請思傑一塊兒玩，思傑也想試試自己的身手。踏在木塊上，思傑發現原來平衡不是那麼容易，有點兒像騎腳踏車！從泥丘一滑而下，很好玩！思傑排隊再上泥丘。

　　這時候，思傑看見一隻水狸獨自搬運一根樹幹，心裏想：「咦！那隻水狸拿着的木塊跟我們玩的不一樣……那是一根很粗壯的樹幹，一定是很重。」思傑主動地幫忙水狸搬動那根很重的樹幹。好不容易才到達下游的河邊，原來水狸準備在這兒大興土木。思傑好奇地問：「你為何不去玩，獨個兒在這裏工作？」水狸回答：「我要興建一所避雨處！」思傑接着問：「原來你是建築師！但你的族人在那邊玩耍，你獨個兒工作，不辛苦嗎？」建築師挺起胸膛，雄赳赳地說：「這是我的理想啊！」思傑搔一搔腦袋，然後問：「甚麼是理想啊？」建築師想了一想，莊重地說：「理想，就是我們在這個世界希望完成的工作；有了理想，生存便有意義！」建築師見思傑一面疑惑，繼續說：「前幾天，森林下了一場大雨，小動物沒有地方避雨，非常狼狽。如果有一處地方，可以讓小動物避雨和休息，小動物便不會着涼

和生病。協助小動物健康地在森林生活，是我的理想。建築是我的強項，興建避雨處，是完成理想的其中一個方法！」思傑連忙問：「那麼我的理想是甚麼？」建築師笑一笑：「理想是要自己尋找！小朋友，先多認識這個森林吧！你自然會找到你在這個地方的理想！」雖然思傑還是不大明白甚麼是理想，他熱心地對水狸說：「有了避雨處，小動物便不會在下雨天着涼！我要找其他小動物一塊兒幫忙興建避雨處！」

　　思傑向野兔、驢仔、小雲雀、公鹿等講解有關興建避雨處的構思，小動物也覺得這個計劃很有意義，一下子便答應幫忙。思傑也邀請正在玩耍的水狸們一起興建避雨處。愛玩樂的水狸們對新的滑泥花式非常着迷，想也不想便拒絕了思傑的邀請。他們反過來邀請思傑嘗試新的滑泥花式。思傑也想試一試新的滑泥花式，但當想到小動物病倒的可憐樣子，便匆匆回到工作隊伍，與小動物們一起努力地興建避雨處。在水狸建築師的指揮下，小動物終於完成了他們的第一所避雨處。原來避雨處除了可以用作避雨和休息外，還可以儲藏食物，動物們一致同意可以在森林的其他地方也興建避雨處。思傑提議由水狸擔任總建築師，小動物紛紛叫好，拍掌贊成。總建築師向動物們講解新的建築方案和工作時間表，小動物提出了不同的意見。總建築師修訂建議後，再次向小動物說明建築計劃，最後一致同意在森林的其他三個地方興建避雨處。

一大，森林颳起大風，下大雨了。這場大風雨維持了一整天，小動物在避雨處休息，非常舒適。那群愛玩樂的水狸沒有地方避雨，又冷又餓。總建築師想起了那群愛玩樂的水狸，他們必定是冷壞了，便冒雨出外邀請他們到避雨處。動物們替又濕又冷的水狸們抹身，也給他們送上食物。水狸們好奇地閱讀貼在牆上的建築圖和時間表，思傑向他們解釋建築計劃的詳情和工作時間的安排。聽完思傑的講解後，水狸們也覺得興建多些避雨處非常有意義。他們看過時間表後，才明白只要懂得分享時間，工作和玩樂是可以兼顧的。水狸們加入建築隊伍，每天按着時間表工作、玩樂和休息。能夠為小動物們的美好生活獻出力量，他們感到非常自豪！

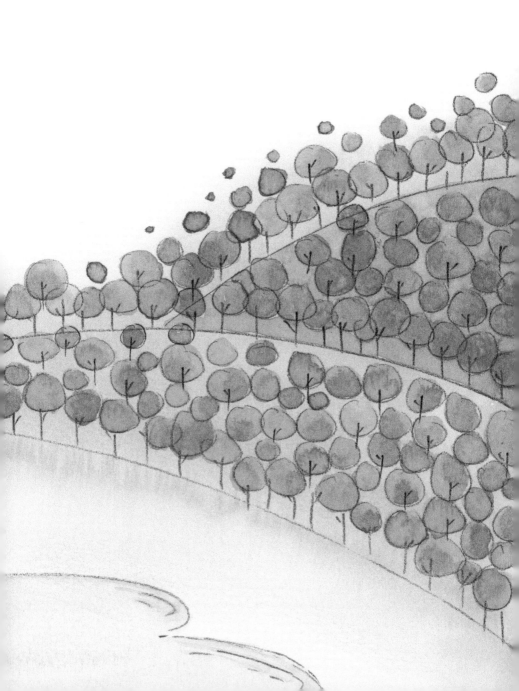

蜜蜂

4 蜜蜂

　　思傑每天早上總會到小黃花叢，看看好友毛毛蟲是否已經變成蝴蝶？他是否正在花叢中快樂地起舞？這幾天，思傑發現小蜜蜂團隊也是在日出的時候，準時到達花叢。更有趣的是他們的工作，蜜蜂們非常勤勞，不單是守時，每天更是循着同一條路線採花蜜，從沒有出錯。到了中午的時候，他們總會休息一會，之後便循着另一條路線到旁邊的紅花叢採蜜。每天也是這樣子，從未間斷。

　　這個早上，思傑如常到達小黃花叢，突然發覺手臂上，有點兒搔癢，原來是一隻蝴蝶站在他的臂膀上。思傑興奮地叫：「是你，你是毛毛蟲，我認得你的眼睛花紋！」蝴蝶也是非常興奮，在思傑的頭上不停飛舞。接着，話匣子打開了，思傑和蝴蝶互相訴說近況，不時哈哈大笑。最後，思傑提及每天早上也會來到小黃花叢，更談到那群辛勤工作的小蜜蜂。蝴蝶與蜜蜂也是花粉傳播者，蝴蝶說：「不如我們和蜜蜂們交朋友，我也可以向他們學習學習。」思傑抬頭，看見太陽正正在他們頭上，說道：「正午了，這是蜜蜂們小休的時候，我們過去吧！」思傑和蝴蝶走到蜜蜂隊長前自我介紹，蜜蜂隊長友善地向他們介紹蜜蜂小隊的成員。這時候，一隻傳訊蜜蜂匆匆地從蜂巢那邊飛來，通知蜜蜂小隊回蜂巢看蜜蜂舞。思傑問：「甚麼是蜜蜂舞？」蜜蜂隊長解釋：「每當探子蜜蜂找到新的花叢，便會用蜜蜂舞通知我們花叢的位置。只要看着他身體的擺動，我們便知道花蜜的所在位

置。」說完以後，隊長便帶領蜜蜂小隊回蜂巢看蜜蜂舞。思傑喃喃地說：「蜜蜂舞告訴蜜蜂們往哪兒採花蜜……」，他一下子跳了起來，看着蝴蝶大聲叫道：「我找到我在森林的理想了！ 你和蜜蜂都是花粉傳播者，幫助花兒結果子。公鹿帶領小動物找食物，水狸則為動物們建築避雨所，這些是你們的理想。我要寫一本森林指南，介紹這個森林和所有動物朋友，讓更多人知道森林這個好地方，這就是我的理想。」蝴蝶拍拍翅膀，開心地說：「思傑找到他的理想了！……我要將這個好消息告訴其他小動物！」

　　第二天早上，思傑帶備紙和筆，一早到達小黃花叢。蝴蝶問思傑：「你要寫指南啊！為甚麼還出來玩？」思傑答道：「搜集資料嘛！ 我希望介紹蜂蜜舞，所以特意來訪問蜜蜂隊長。」思傑一下子找不到蜜蜂隊長，卻看見小工蜂坐在葉子上，不時嘆氣，一副憂心忡忡的樣子。思傑問小工蜂何解這樣憂愁，小工蜂嗡嗡嗡，說道：「由明天開始，我們要到新的花叢採蜜，我很擔心啊！ 我們在這個花叢採蜜已經很久了，我對這個花叢非常熟識，就算是合上眼睛，我也知道採蜜的路線。在這兒工作，很安全，也很安心。一想到明天要到一個新地方工作，一切也要重新探索，又不知道會遇上甚麼困難……我實在很擔心，也有點恐懼啊！」「傻瓜！」哎……這不是蜜蜂隊長的聲音嗎？ 原來蜜蜂隊長一直在旁邊的葉子上，默默地聆聽思傑和小工蜂的對話。蜜蜂隊長飛到小工蜂面前，

說道:「循着舊有的路線採花蜜,又和花兒她們合作慣了,自然是不想改變。但是,有些時候,為了一些原因,我們需要面對新的挑戰。好像我們為了採更多的花蜜,便要到新的花叢工作。鼓起勇氣吧!面對不同的挑戰時,我們要隨機應變。還有,你不是獨個兒工作,我們是一個隊伍,一同工作,互相照應!」小工蜂抬頭看着隊長,點點頭,然後和隊長一塊兒回到工作崗位,繼續採蜜。

思傑突然想起今早來到小黃花叢的目的,就是要訪問蜜蜂隊長,搜集有關蜜蜂舞的資料。蝴蝶搖搖頭,說道:「唉! 我們還未來得及訪問蜜蜂

隊長，他已經回去工作了！」思傑胸有成竹地回答：「蜜蜂隊長剛才提及要隨機應變嘛！ 明天才訪問他好了，也可順道跟他們去那個新發現的花叢，說不定可以發掘更多新的資料！」思傑明白要完成森林指南，實現自己的理想，除了要像小蜜蜂般辛勤工作外，還需要隨機應變。還有一點，思傑可不是獨個兒工作啊！ 在森林裏面，有很多思傑的動物朋友，他們全是思傑的好幫手。

燕
子

5 燕子

　　思傑正在埋頭苦幹，整理這幾天的訪問資料，小動物們實在提供了不少資料啊！哎……陣陣草莓的香味是從哪兒飄來的呢？ 思傑抬頭一看，原來是公鹿帶了草莓來。正當思傑準備多謝公鹿時，公鹿卻搶先說「燕子父子剛剛回來了！ 他們是探險家，去過很多地方。訪問他們吧，他們一定可以提供很多有用的資料。」思傑連忙帶同紙筆，匆匆吃了幾枚草莓，便隨着公鹿去探訪燕子父子。

　　寫、寫、寫，思傑不停的寫，希望可以一字不漏地記下燕子父子的探險經歷。燕子父子去過很多地方，思傑現在才知道，森林原來是這麼大。看見蝴蝶體貼地用葉子盛了一點水，遞給燕子爸爸，思傑才發覺原來已經談了一個早上，是時候小休了。動物們準備了果子和花蜜，餓到肚子咕咕叫的思傑，一邊吃蘋果，一面翻閱筆記。思傑突然提出一個問題：「森林中間那條河，究竟流到哪兒才停下來呢？」總建築師水狸接着說：「我也想知道啊！有了這項資料，我們可以計劃沿着河流，需要興建多少個避雨所。」蜜蜂和蝴蝶也紛紛點頭，說道：「我們也想知道沿着河流有多少個花叢！」燕子爸爸看着他的孩子，說道：「兒子，看來我們有新的探險目標了！」

　　第二天早上，思傑和動物們一塊兒送別燕子父子。思傑打算準備一本新的筆記簿，待燕子父子探險回來，記下他們的經歷。燕子父子和動物們道別以後，便開始他們的探險之旅。燕子父子在空中遨翔，自由自在，無

拘無束。不知不覺，他們已經飛行了一個早上，晴朗的天氣亦開始變化。當閱歷豐富的燕子爸爸，看見天邊有點陰暗時，便知道前方有暴風雨。燕子爸爸了解自己的身體狀況，便向孩子說：「前面有暴風雨，不如我們暫時停下來，明天再繼續吧！」無拘無束，天空大地任我飛翔，一向是小燕子的至愛，而小燕子亦深深相信自己的飛行技巧，希望可以在暴風雨中遨翔，試試自己的實力。於是，小燕子不理會爸爸的警告，繼續飛行。也許是年紀大了，燕子爸爸飛得有點吃力，但是沒有法子，唯有跟着小燕子繼續飛行。一陣狂風吹來，樹枝也被大風捲到空中。「澎！」燕子爸爸被樹枝打中了翅膀，掉了下來。飛在前頭的小燕子，集中精神，左閃右避那些被狂風捲起的樹枝和落葉，根本不知道在後頭的燕子爸爸發生了可怕的意外。

在森林另一邊的避雨處，思傑和小動物正在一同討論森林指南的內容。「快來幫忙啊！」突然從遠處傳來驢仔的叫嚷聲。思傑連忙跑出來看看是否可以幫忙，渾身濕透的驢仔，好像背着些甚麼。看真一點，原來是昏倒了的燕子爸爸，思傑立刻抱燕子爸爸到避雨處。經過了一輪急救，燕子爸爸總算醒了過來，但是他的翅膀受傷了，要休息一段時間才可以再次飛行。

小燕子飛呀飛，也有點倦了，是時候告訴爸爸要休息了。小燕子回頭一看，爸爸不見了！他在天空左右盤旋，無論怎樣大聲呼叫，也找不到燕

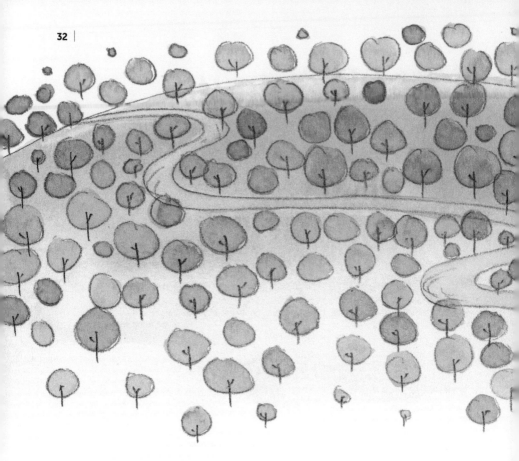

子爸爸的蹤影。疲倦的小燕子停在樹枝上，盤算着究竟是飛回去找爸爸？
還是繼續探險？小燕子想着自己的理想，他希望可以環遊世界。為了實現
理想，是否應該繼續此次的探險活動？小燕子又想起爸爸一直帶着他四處
探險，教曉了他很多東西，又鼓勵自己嘗試新事物……也想起小時候，肚
子餓了，爸爸會在空中給我餵食物；學飛的時候，爸爸又會在我失去平衡
時，在空中扶起我。對了，雖然我愛探險，但是我更愛我的爸爸！小燕子
決定了，他連忙起飛，四處尋找爸爸。

　　小雲雀碰上找尋爸爸的小燕子，大聲叫道：「小燕子，你爸爸受了傷，
正在避雨處休息啊！」當燕子爸爸見到小燕子安全回來，高興得不得了。

小燕子查問爸爸的身體情況，知道爸爸無恙，但是在短時期內不可以飛行。第二天早上，天朗氣清，小燕子對爸爸眨一眨眼睛，說道：「爸爸，讓我們繼續探險吧！」燕子爸爸笑着說：「傻孩子，爸爸這次不能陪你去了。反正你已經成年了，也是時候你自己去探險了。」小燕子笑而不語，拍拍背部，說道：「爸爸，我可以背起你一塊兒飛嘛！誰說不可以帶着爸爸，一塊兒自由自在地飛行！」思傑和小動物齊齊拍手，認同小燕子的做法，思傑更開心地說：「實在太好了，燕子爸爸不需要用翅膀來飛行，空出來的雙手，倒可以幫忙記錄途中的所見所聞！有了燕子父子的鼎力支持，看來森林指南很快可以完成了！」

鴿子

6 鴿子

　　思傑在埋頭苦幹，用鉛筆寫呀寫，橡皮擦呀擦，就連蝴蝶在他身邊已經轉了三個圈，他也察覺不到。蝴蝶終於按捺不住，在思傑的筆記簿上停了下來，思傑才知道好朋友來了。筆記簿上有很多方格，密密麻麻填滿了文字，蝴蝶好奇地問：「思傑，你在記錄些甚麼？」思傑反問蝴蝶：「你還記得蜜蜂團隊的工作時間表嗎？我想了很久，時間表實在很有用，按着工作分配時間，會更有效率。」思傑向蝴蝶展示他的時間表：「早上搜集資料，訪問小動物；吃過午飯，玩耍片刻，考察小動物提及的地方、食物、風土習慣等等；晚飯後整理筆記。」蝴蝶突然眨一下大眼睛，說：「你不是約了野兔做訪問嗎？ 有了時間表，也要懂得守時啊！」

　　和野兔談了一個早上，思傑更加清楚森林的草地和矮樹叢的分佈情況，野兔更指出森林還有另一個水源 —— 藍鏡湖，而野兔的表兄，就是住在那兒。野兔建議邀請兔表兄到家裏來吃晚飯，思傑亦可順道向他了解藍鏡湖。由家到藍鏡湖要大半天的時間，野兔決定請鴿子先生幫忙，送信給兔表兄。野兔立即寫了一封邀請信，便和思傑一塊兒到鴿子先生的家。野兔向鴿子先生和太太說明來意，鴿子先生想了想，說：「飛到藍鏡湖大約要半小時，若兔表兄收信後立即出發，大半天路程，大概晚飯的時候到達你家！信就交給我吧！」野兔滿心歡喜將邀請信交給鴿子先生，並邀請鴿子先生和太太一同出席今晚的聚會。

　　鴿子先生用嘴巴叼着野兔的邀請信，飛向藍鏡湖。在途中，鴿子先生看見驢仔，想到驢仔姑母也是住在藍鏡湖旁，於是問驢仔是否有信件給姑母。驢仔連聲多謝樂於助人的鴿子先生，並遞上信件。現在，鴿子先生的嘴巴叼着兩封信了！飛呀飛，飛到河邊，鴿子先生碰上總建築師水狸，原來水狸正準備拿設計圖給對岸的水狸族人。「為動物服務」一向是鴿子先生的理想，他主動提出幫忙，並放下叼着的兩封信，打算先替水狸送設計圖過河，然後回來取信件，再飛到藍鏡湖。鴿子先生將設計圖送到河的對岸，水狸族人紛紛多謝他。「請問你們有否見過小鹿？」母鹿驚慌地問。大件事啦！小鹿走失了。鴿子先生第一時間，飛上天上，四處搜索，找尋小鹿。飛呀飛，也不知飛了多少時間，鴿子先生終於找到小鹿了，小鹿瑟縮在草莓叢旁邊驚惶地呼叫。鴿子先生溫柔地安慰受驚的小鹿：「不用害怕，鹿媽媽託我來找您！跟着我吧，我帶您找媽媽！」看見鹿媽媽和小鹿重聚，鴿子先生也感動得流下淚來。母鹿也不知如何多謝鴿子先生才好，於是邀請他到家裏吃晚飯。「多謝！今晚我要到野兔家作客……」這時候，鴿子先生才想起，要幫野兔送信給兔表兄！但是，信在哪裏？鴿子先生急得慌了，四處亂找亂尋。對了，信在水狸那兒！鴿子先生立即起飛，就連母鹿的道別也來不及回應，一陣風般飛走了。

　　巳經是日洛時分，鴿子先生用盡全身的力量，急忙地飛回水狸那兒，二話不說，叼起兩封信，便馬上起飛往藍鏡湖。第一站是驢仔姑母家，鴿子先生敲敲門，在門口放下信件，便立即飛往兔表兄家。當鴿子先生到達目的地，天已經黑了，兔表兄要靠螢火蟲的幫忙，才可以閱讀信件。「現在太晚了，來不及到野兔家吃晚飯！請你幫我帶口訊給他，說我明早起程，中午會到達他家。」對於兔表兄這個請求，滿心歉意的鴿子先生自然是一口答應，畢竟也是因他的緣故，兔表兄才不可以參加今晚的聚會。為了盡快將口訊傳給野兔，鴿子先生連忙向兔表兄請辭，又匆匆忙忙起飛了。

「……兔表兄將會明日中午到達」，給野兔的話還未說完，鴿子先生已經暈倒了。原來鴿子先生出門替野兔送信時，連午飯也不曾吃，再加上連續飛了多個小時，終於體力不支，倒下來了！經鴿子太太悉心照料，鴿子先生醒了過來，並向野兔道歉。這次，鴿子先生終於明白，在幫忙人家前，也要先衡量自己的能力、時間和手上的工作。今天晚上，思傑雖然未能訪問兔表兄，但他也衷心多謝鴿子先生的幫忙；沒有了他，明天早上的訪問也安排不了。而鴿子先生在恢復體力以後，又立即起飛替其他小動物送信；幫助別人所得到的滿足感，是鴿子先生快樂的泉源！

貓頭鷹

7 貓頭鷹

　　思傑非常苦惱，蜜蜂隊長曾指出河邊的紅花兒和矮樹叢旁的紅花兒是不同的品種，但當思傑意圖記下不同之處時，卻無從入手。思傑曾經找幫手，他嘗試問河邊的紅花兒，但她們卻反問思傑：「我們未曾見過矮樹叢的紅花！她們漂亮還是我們漂亮？」思傑也曾請教蜜蜂和蝴蝶，他們卻只能分辨花粉的形狀和花蜜的味道。思傑為了這件事，已經苦惱了好幾天，小動物們大部份也想幫忙，但卻無從入手。公鹿知道思傑的煩惱後，說：「思傑，找貓頭鷹吧！我們遇上解決不了的事情，也會找她！」

　　根據小動物們的提示，拜訪貓頭鷹的最佳時間是在深夜，而貓頭鷹的個性也有點特別，她是非常安靜的，不會隨便亂說話！此外，貓頭鷹習慣獨自生活，很少和其他動物交往。這個晚上，在野兔和蝴蝶的帶領下，思傑第一次深入大樹林的深處。野兔指一指眼前的大樹：「在那兒！」思傑抬頭一看，不由得驚惶失措地叫：「她的頭呢！？為甚麼沒有頭！？」野兔擺擺手，示意思傑先安靜下來，並說：「貓頭鷹可以左右135度移動頭部，她不過是在觀察身後的事物吧了！她的觀察力很強，耐力驚人，就算是很少的事情，也可以花上一整天來觀察和了解。貓頭鷹是森林的大辭典，小動物有甚麼不明白，也會來問她。」這時候，貓頭鷹轉過頭來，兩隻圓圓眼睛，充滿無限的智慧。思傑也不客氣了，立即將森林指南的計劃和他的疑

問，　　　向貓頭鷹請教。貓頭鷹覺得森林指南這個構思非常有意義，決定幫助思傑完成這個計劃。

貓頭鷹細心閱讀思傑的筆記後，即時明白思傑需要些甚麼幫助。貓頭鷹向思傑說：「你所收集的資料，有些凌亂，需要好好整理和分析。此外，在記錄資料前，不單要親自考察，還要細心觀察，留意事物的特質，例如：兩朵同樣是紅色的花，她們的花瓣、花冠等等，以至葉子的形狀也可能不一樣。」對於貓頭鷹的建議，大部份是思傑從來沒有想過的，原來編寫指南，也不是一件容易的工作呢！思傑再請教貓頭鷹，如何有系統地完成這本指南？貓頭鷹轉一轉圓圓的眼睛，說道：「第一步，先訂下指南的大綱，將內容分門別類，然後四出搜集資料，還要驗證資料的真確性。如果該項資料沒有證據，那便要好好考慮是否採用。我可以協助你訂定大綱和分析資料，但是搜集資料方面，你一個人的力量是相當有限。」野兔和蝴蝶立刻說道：「我們也可以幫忙！其他的小動物也願意幫忙的啊！」對於小動物的支持和無條件幫忙，思傑非常感動。貓頭鷹進一步建議：「不如我們邀請所有願意幫忙的動物，一起商量如何分工。明天晚上，好嗎？」就是這樣子，思傑約好了貓頭鷹，明天晚上在動物避雨處開會。

動物們齊集避雨處準備開會，但是貓頭鷹還沒有到。「貓頭鷹從來不會遲到的，一定是發生了事，我們去找她好了！」野兔領着思傑和蝴蝶，匆匆地跑到貓頭鷹的家。還沒有到達貓頭鷹的家，思傑已經看見她在亂飛亂叫，一副驚恐的模樣，和她昨晚冷靜的形象全然不同。貓頭鷹一見到思傑和野兔，便大聲地叫：「我的蛋不見了！我的蛋不見了！」怪不得貓頭鷹急壞了，原來不見了蛋。思傑想到要冷靜下來才可以細心分析，便大叫：「冷靜！」貓頭鷹被突然而來的大叫嚇呆了，思傑讓她定一定

神，再問她：「最後一次見到蛋是甚麼時候？」貓頭鷹說：「傍晚下雨，我摘了些樹葉蓋着巢裏的蛋，當時那些蛋還在巢中。」思傑領着貓頭鷹、野兔和蝴蝶跑到她的巢，並細心查看。原來那些蛋還在巢中，只不過是被樹葉蓋着了吧！看到蛋還在巢中，貓頭鷹舒了一口氣，並輕輕解釋道：「我們貓頭鷹天生是有遠視的，很容易忽略最近的東西。當我一想到蛋兒可能被老鷹偷走，便驚慌起來，四處找尋，反而忘記了搜尋身邊最近的地方。」思傑含笑對蝴蝶說：「平日最冷靜的貓頭鷹，面對自己的困難時，也會慌惶失措，需要別人的幫忙。那麼，下次我忘記了甚麼，你可不要笑我了！」當貓頭鷹回復冷靜，便馬上想起開會一事，回頭對他們說：「走吧！我們遲到了！我已經有了全盤計劃……。」思傑想了一想，他還是喜歡冷靜的貓頭鷹！

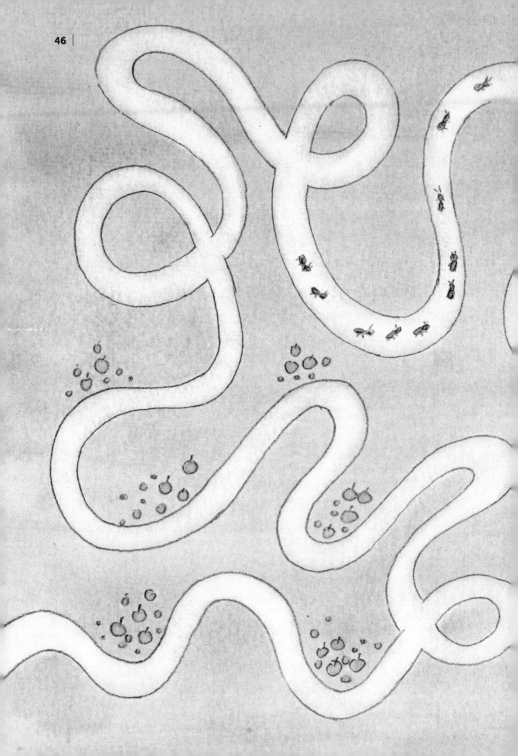

蟎蟻

8 螞蟻

　　這天，陽光明媚，思傑坐在一塊大石上整理筆記。在貓頭鷹和動物們的幫助下，思傑的森林指南已經完成得七七八八了。思傑站起來，舒展一下筋骨，突然間留意到一行螞蟻整齊地在地上行，還背着不少食物呢！思傑好奇地沿着螞蟻隊伍往前走，希望知道他們往那裏去呢？唉！為甚麼他們突然停了下來呢？原來前面有一個石縫隙，他們根本無法子跳過去。這時候，雄赳赳的螞蟻隊長走上前來，吩咐螞蟻士兵們一隻接一隻，將背上的食物掉到縫隙之中，直至填滿它為止。在螞蟻隊長的指示下，待螞蟻士兵們全部走過以食物填滿的縫隙後，螞蟻士兵們又從縫隙中拿回食物，繼續軍容齊整地上路。思傑覺得他們既聰明又團結，縱使遇上困難，也不會輕易放棄。思傑稱讚螞蟻隊長：「螞蟻兵們工作勤快，又遵守紀律，實在不容易啊！」螞蟻隊長回答道：「為了將來，大家也會付出努力！現在我們多儲糧，過冬時，一同分享這些食物。不多說了，前面就是螞蟻窩，我要回去工作了。」

　　思傑決定在森林指南內，加入有關螞蟻兵團的介紹，於是便在螞蟻窩旁的大石頭上坐下來，記下今日的見聞。這時候，思傑見到一隻螞蟻，背着一塊很大的食物，向螞蟻窩的反方向走。那塊食物實在太大了，是螞蟻體積的兩倍，他不得不停下來休息一會。思傑好奇地問：「為甚麼獨個兒搬那麼重的東西？你的螞蟻兄弟呢？」螞蟻不屑地回答：「我辛勤地工作，每天儲最多的糧食，我才不要和他們分享我的努力成果！前面是我的私人螞蟻窩，那裏存放的糧食，全是我一手一腳搬回來的！」思傑看看他的私人螞蟻窩，那裏有三個洞，全都

堆滿了食物。思傑忍不住問道：「那裏存放的糧食，可以用多久？」螞蟻答道：「全螞蟻族一塊兒使用，可用一個月；一隻螞蟻，可以吃三年。」螞蟻也不待思傑回答，吃力地背上那塊大食物，回頭說道：「我要繼續工作了！剛開發了一個新的糧食洞，要盡快儲滿它。」思傑一臉狐疑，螞蟻的糧食已經足夠三年使用，為甚麼還是那麼趕忙地儲存糧食？只有一隻螞蟻，存放那麼多糧食，又有甚麼作用呢？思傑將這些問題，一一記下，大可以問問其他小動物的意見。

　　過了一會，思傑再次見到那隻螞蟻，不得了，這次他搬動的食物，比上次的還要大，是他體積的四倍！呀！大事不妙，發生意外了！螞蟻被那塊大如石頭的食物壓倒了！思傑連忙搬開那塊食物，將受了傷的螞蟻，匆匆送到螞蟻兵團的大蟻窩。經診治後，螞蟻的三對腳，其中兩對被壓斷了，就連螞蟻醫生也沒有很大的信心，可以令他完全康復。螞蟻隊長卻是滿懷信心，用力地握着螞蟻沒有受傷的前腳，對他說：「不用擔心，我們會盡力醫治和照顧你！你是我們蟻族的成員，我們是不會放棄你的！」

　　思傑在回程的路上，想起螞蟻縱使有堆滿糧食的私家蟻窩，受傷了，那些糧食也幫不了他；反過來，他的同族兄弟卻沒有因為他不願意分享食物，不理會他。啊！前面是藍莓叢，思傑決定採摘藍莓，與所有的森林好友一同分享。看見小動物們高興地享用美味的藍莓，思傑滿心歡喜；與此同時，思傑亦希望終於有一天，那隻受了傷的螞蟻也能夠明白分享的快樂！

蜜獾

9 蜜獾

今天，森林有一件大喜事，動物們齊
集一起，慶祝思傑的《森林指南》大功告
成。思傑一邊享用小動物所帶來的果子和
花蜜，一邊向小動物們道謝。思傑明白，
如果沒有了小動物的幫忙，他的理想是無
法達成的。思傑多謝貓頭鷹，沒有了她
的指導，思傑的分析能力，也不會進步神
速！思傑再次多謝燕子父子，因為他們提
供了很多有用的資料，尤其是關於森林東
邊那座高山的考察報告。對於思傑來說，
高山的資料尤為珍貴，因為這座山實在太

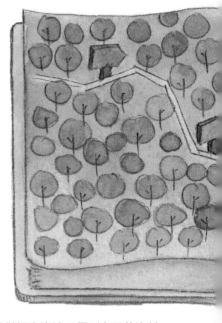

高和太大了，如果不是燕子在高空考察，思傑根本沒法子得到有關的資料。
貓頭鷹也高度表揚燕子父子的探險精神，因為高山地區實在非常危險，小動
物們平時也不敢隨便走近，因為在那兒是非常容易迷路的啊！

提起在山區迷路，公鹿便想起了蜜獾！如果不是遇上了蜜獾，公鹿或
者不能夠參加今天的慶祝會。想起上次迷路的難忘經驗，公鹿猶有餘悸：
「去年冬天，天氣特別冷，森林的果子也凍壞了。我唯有走到山區找食物，
山路又彎又斜，縱橫交錯，還沒有找到果子，我便迷路了。到日落時，也

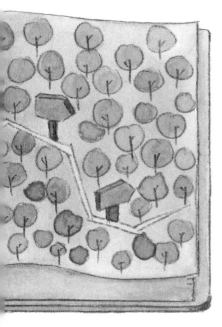

找不到出路，我便開始着急，愈急愈亂，結果天也黑了，仍沒有半點頭緒。當時我非常疲倦，加上肚子非常餓，天氣又寒又冷，我唯有停下來，休息一會。沒想到，蜜獾在這時候出現，他不單只給我食物，還用他的身體暖和我，我不知不覺睡着了。第二朝醒來，蜜獾已經走了，我想多謝他也沒有機會呢！」貓頭鷹解釋：「蜜獾就是這樣子，他們默默行善，從不計較回報，也不會邀半點功勞。」野兔大聲地說：「對的，對的，蜜獾就是這樣子！有一次，我被狼追，非常危險，幸好及時遇上蜜獾。他立刻掘了一條地下隧道，助我脫離險境，之後也是一聲不響地離開。我想多謝他也來不及呢！」貓頭鷹再次補充：「蜜獾是世界上挖掘最快的動物！」總建築師水狸插嘴道：「你們對蜜獾的看法似乎是一面倒的好，但我的看法卻有點不同！有一次，我在河邊用木頭進行一個建築實驗，突然間木樁全都倒塌了，原來是蜜獾在另一面進行破壞……至於破壞的原因和動機，我也摸不着頭腦，大概和找食物有關吧！」小動物們一時間也弄不清楚，究竟蜜獾是甚麼性格的動

物？這時候，燕子爸爸用強而有力的聲音說道：「蜜獾是全世界挖掘最快的動物，這點是無庸置疑的。但是他們怎樣使用這個長處，卻是每一隻蜜獾的自由選擇。有些蜜獾會用他們的長處來幫助別人，甚至不計較回報；但有些卻運用他們的長處來作惡。至於選擇怎樣運用自己的長處，這一點大家可要好好地想一想！」

正當小動物們紛紛討論燕子爸爸提出的問題，思傑隱約看見遠處的花叢那兒，有一隻蜜獾向他微笑和揮手。思傑不由自主地跑過去，只見到蜜獾往前跑，他跟着蜜獾一直跑……蜜獾突然停了下來，再向思傑揮揮手，就像說再見一樣，然後轉身開始挖掘，不消一會兒，蜜獾進入了隧道，不見了蹤影。思傑想也沒有想，也跟隨蜜獾進入了隧道。隧道很狹小，一片漆黑，思傑唯有蹲下來，慢慢地向前爬。也不知道爬了多久，思傑覺得有點疲倦，突然間看到前面有一點光。思傑知道那兒一定是隧道的出口，加一把勁，他爬得更加快。終於到達了！一片光明，但思傑習慣了隧道內的漆黑，一時間看不清楚究竟這是甚麼地方。

思傑聞到一陣熟識的氣味，他嘗試睜開眼睛……媽媽！？思傑再擦擦眼睛，原來真的是媽媽，這裏不是森林，是自己的睡房啊！思傑興奮地叫嚷：「媽媽！我回來了！森林真的好大啊！……我介紹新朋友給你認識好嗎？公鹿、蝴蝶、水狸、蜜蜂、燕子、鴿子、貓頭鷹、螞蟻，還有蜜獾……我還寫了一本《森林指南》……」

小朋友，可否幫思傑一個忙？將森林的故事，告訴你的朋友。你還記得嗎？將森林的故事傳播開去，是思傑的理想啊！

小男孩的森林故事

作者：亞麗莎
編輯：阿豆
插畫：易達華
美術設計：Circle Design

出版：
藍藍的天
香港九龍觀塘鯉魚門道2號新城工商中心212室
電話：(852) 2234 6424
傳真：(852) 2234 5410
電郵：info@bbluesky.com

發行：草田
網址：www.ggrassy.com
電郵：info@ggrassy.com
Facebook 專頁：https://www.facebook.com/ggrassy

出版日期：2021年12月

國際統一書號 ISBN：978-988-74911-6-3
定價：港幣100元